詩敲雪月風花夜

已殘月

蘇白宇

詩集

導讀

從主婦日記寫起
——蘇白宇新詩集《詩敲雪月風花夜》中的四個象限

臺大中文系教授　洪淑苓

初識女詩人蘇白宇（1949-），是在鍾玲、李元貞的女詩人研究論著中。那時白宇的詩集尚未正式出版，只是自費印送，但已經引起研究者的注意。如今白宇整理既有的詩集，正式出版為《詩敲雪月風花夜》蘇白宇新詩集一套四冊，我也就權充早先的讀者與仰慕者，為大家推薦這套別具風格的詩集。

我發現蘇白宇寫詩是從「主婦日記」寫起，但緣於她的才思敏慧，對都市、自然、時間的主題書寫，也展現獨特的想像與思維。以下我就以家庭、都市、自然與時間這四個面向來解讀白宇詩中的敘述主體以及她所關注的主題。

一、主婦的代言人

鍾玲《現代中國繆思》稱許白宇寫出了都市女性的困境，而放棄事業進入家庭主婦的生活，也使得她對傳統女性的處境有極為敏銳的感受。鍾玲還說白宇的詩善於巧喻，但意象迷離，具有女性文體的特徵（第七章第一節）。李元貞《女性詩學》更分析了白宇的〈主婦日記〉，指出詩中的「我」，早已跳脫個人的侷限而變成「我們」，反映主婦的集體形象，刻劃了家庭主婦從事家務時的勞累與心境（頁81）。

我初讀白宇的詩，的確也有類似感觸。譬如〈主婦日記〉：

> 每天把五個人的口糧搬上五樓
> 不知能否算是一種薛西佛斯？

我眼前立刻浮現母親那輩的婦女，她們身兼母職、妻職和為人媳婦的種種負擔，而每天為了柴米油鹽、相夫教子，總是有周旋不盡的人與事。這些週而復始，勞心勞力，且無酬勞的家事，比起那位不斷推著石頭上山，又滾下山來的薛西佛斯，苦工夫毫不遜色。然而，奇妙的是，在此之前沒有人會把主婦生活和神話裡的悲劇英雄連結在一起。這首詩描述照顧一家人的食衣住行，安頓好三個孩子睡覺後，「我」才能稍微喘一口氣：

> 這才探首長吸一口室外的空氣
> 恰巧瞥見無寐的姮娥也憑窗
> 她跟我說寧願作伐桂的吳剛

吳剛伐桂的神話，涵義和薛西佛斯推石頭的象徵類似。這裡用嫦娥來投射自我，而訴說心願「寧願作伐桂的吳剛」，實在非常睿智幽默，儘管這裡面還帶著點辛酸。

家事何其繁瑣？女詩人如何能擺脫女性的宿命？〈主婦日記〉收在白宇自印的第二本詩集《一場雪》，我因此回頭去讀她自印的第一本詩集《待宵草》。

《待宵草》中的〈一天〉，寫的仍是家庭主婦的辛勞，但又加上自我理想的幻滅。詩的開頭寫著，在早晨，她原本充滿期待，想要拿「曙色」這塊布料，裁成美麗的晚禮服——這是譬喻的手法，當一天開始，她本充滿了希望，想要為自己過過充實的一天。然而，當洗衣機轉動，捲起了洗衣粉的泡泡，這泡泡並沒有激起詩人的浪漫聯想，反而必須一邊拿起雞毛撢子掃灰塵，而另一邊又要忙著張羅家人的三餐。菜刀和砧板的剁剁聲，轟隆隆的油煙和噪音，已經把她的氣力和理想消磨殆盡，最後：

這不堪的襤褸，只有
塞入枕中
孵夢

讀到此，我不禁掩卷長歎。一般人只看到文人懷才不遇，或是英雄末路的感慨，然而有智識有才情的女性，她們的理想，或者說是夢想吧，每升起一次希望或鼓起勇氣，便一次又一次被柴米油鹽這些瑣事剝削，最後只能「塞入枕中／孵夢」。就像在《待宵草》第三輯的〈時間〉詩中，詩人向時間之神乞討時間，為的莫不是想要做些有成就感的事。但以家庭主婦鎮日為家人「服務」，時間被切割得很零碎，這實在太難了。因此詩中說屬於文曲星的時間是純金的，因為他要打造一頂桂冠；屬於金童玉女的，則是泥土，可以任意揮霍，隨心捏塑。但是：

我的呢？早給竈神
炊成輕煙縷縷
連魔瓶也收不攏啦

萬般無奈高利乞借
睡神這才吝賜沙漏一個
眼睜睜讓秒分流盡麼？
擊散後能否淘洗出什麼顆粒？
不然堆得沙堡也成
只要日永不出，潮不再漲

文曲星彷彿暗示家中的男主人，金童玉女也可說是暗示家中的子女，他們的時間是寶貴的，或是悠閒的，總之，都可以按照自己的心意去運用。唯有「我」這個家庭主婦，早就把所有時間奉獻給家人，因此被吹成裊裊炊煙。竈神的出現，講的就是家庭主婦在廚房裡耗盡時間和心力。所以儘管到了晚上，千拜託萬拜託，睡神給她一點點時間，讓她還有點兒精力不會睡著，但能否完成什麼作品？她只能戰戰兢兢，努力創造，即使堆出沙堡也成。可是，詩末祈禱「只要日永不出，潮不再漲」，她彷彿也能預見結果，這幾乎是不可能的任務！

白宇十分洞悉女性身為家庭主婦的宿命，但她還是努力表達自己的夢想，希望寫下更多詩篇。另一首〈囚〉，把走入婚姻的女性比喻為囚犯，結婚戒指如同套上手銬，生育兒女如同戴上腳鍊，「叫你在曠野為犯」。而後這些手銬、腳鍊，又轉化為「機關牆」，忽緊忽鬆地宰制了「你」的活動範圍。所幸，還有一個缺口：

最幸運的是：頂上
並沒有第五道牆
只要那方雲天
永在，你甚至無懼風雨

這裡，令人感傷也感動的是，當手銬、腳鍊以及四面牆限制了詩中的「你」，「你」還是不放棄希望，仍然仰望藍天，無懼風雨。

在女性主義思潮盛行之前，白宇已經寫下以女性／主婦為主題的詩篇。她不需吶喊，而是出自親身經驗，但又以巧妙的譬喻，帶著幽默、自我解嘲的方式說出心中的懊惱——但這不是只屬於個人的牢騷，而是傳統女性，宿命、集體的寫照。也許當今的女性面對家務、家庭的負擔已經有減輕或解決的方式，但白宇這些寫於一九八〇年代初（或更早）的作品，反映主婦的心聲，可說為時代留下可貴的見證。

二、都市的速寫者

白宇的詩以抒情為主，大多描寫個人內在心境。但從《待宵草》中的〈塵市〉來看，長達四十二行的篇幅，顯示早期她對都市題材是下過功夫的。

〈塵市〉共十一段，前十段以每段四行的整齊形式呈現，最後才以兩行來收尾。「塵市」的命題有紅塵俗世的涵義，但「塵市」指的就是城市、都市。詩的開頭就點出都市人的生活是通宵達旦的，因此黎明不是一天的開始，「而是／許多夜戰的結束」。詩的第二段繼續描寫，在呵欠連連的情況下，都市的人們開始驅車上班，但所經之處是擁擠而漠然的景象：

排隊擠車過陸橋排隊擠車
喇叭紅燈煞車聲喇叭紅燈
漠然兜圈的鐘
無目的地反覆滴答

整齊而刻意反覆的字句，反映的正是都市人無聊單調的生活。而別出心裁的是，接著就以白老鼠、黃金鼠、鼠籠、餅乾等實驗室的情境，譬喻都市上班族進入公司大樓上班的情形。人可笑的是，人們對自己這般的處境是不知情的，還彼此默默相望，客套寒暄。而公司大樓的另一個景觀是，有嚴格的門禁，因此：

訪客先驗明正身
通過重重電鎖電眼，然後

大家面對螢光牆壁
不思蜀，不思過

電鎖和電眼說明了這是先進的上班大樓，具有現代化、電子化的監視系統。而無論是上班族或是訪客，一旦走入這公司大樓，就被關進了現代化、都市化的牢籠，無法窺見窗外的春天與自然美景，最後是霓虹燈取代了自然。如同詩的最後兩段：

擠得扁扁的太陽，匆匆乘電梯
爬下方方正正的泥灰丘陵
滿臉塗抹，霓虹燈擠眉弄眼
晚霞和星光退去

風也屏息
海鷗不來

太陽搭乘電梯下樓，是個頗新鮮的譬喻，代表時間由黃昏進入夜晚。但這也用來代稱那些上班族，因為他們下了班，又開始另一種五光十色的生活，夜晚變成他們享受生活，卻也是麻痺自己的時間。可以想見，直到黎明即將來臨，這種生活才告結束，然後又是呵欠連連的展開上班、下班的循環。晚霞、星光、風和海鷗，代表大自然，也是自然和都市的對比。

在白宇筆下，「電梯」成為公司大樓的具體象徵。《待宵草》有〈電梯〉一首，寫出都市上班族每日先塞進公車，再登上十三樓的辦公室上班。走出公車，彷彿可以讓人透口氣，但這十三樓的辦公室卻是有空調而無窗，氣氛的緊閉可想而知。更何況，還要隨時注意上司的眼神，不得怠慢。於是，白宇為這個上班族寫下夢境和想像：

每夜每夜，總要夢見那
上上下下開開闔闔不得喘息的電梯
恍惚自己胸前也生出一排圓鈕
任人揿按。也有那麼一次
它突然變成直衝太空的

火箭！

火箭的想像，真是神來之筆！而且打破了上班族的鬱悶，讓人也想直衝太空，獲得自由。《一場雪》也有〈上班〉、〈下班後〉二首，都是對都市上班族的寫照，而且也都有奇特的想像。

〈上班〉首先寫出有個上班族做了劫機夢，「劫機未成而被捕幸好只是／昨夜一場支離破碎的夢」，可見這個上班族多麼想要逃離朝九晚五的上班生活。接著，上班的模式也被形容為搭機離境：

此刻又來到離鄉的出境室
打卡鐘前的大鏡先要驗身
髮梢不宜飛揚少年的壯志
眼底不得瞭望未來的蜃樓
……（略）

通關後隨即就位無窗的艙腸
等速掃描的視線便不再逾界
並無終點的例航將正午折返

上班時不能攜帶各種私人的情感、夢想，在詩的中段還提到，除了公事包，連「走私一顆白雲糖或一縷花香」都不行。無窗的位子，不得越界的視線，更凸顯上班族的苦悶。至於為何「將正午折返」，顯然一去一返，才能回到原點，才能趕得及下班。仍然是單調無聊的上班程式。〈下班後〉則是描寫下班後，把髒衣服丟進洗衣機，然後囫圇吞棗地吃著晚餐，看著已成「舊聞」的電視新聞節目。接著是連續劇、綜藝節目，這些過程，都和最先的洗衣服過程連結在一起，和洗衣、脫水、烘乾的步驟一一對應。最後連熨斗、燙衣服都派上用場：

由不得電腦控制的亂夢
來來回回倒也算是個熨斗

第二天又能平平整整地出門啦

這兩首上班、下班的詩，雖然是寫於一九八〇年代，也許今天21世紀的上班族生活已略有改變，譬如看電視變成滑手機，但上班族單調、鬱卒、刻板循環的感受，恐怕還是一樣的。被視為專職主婦的白宇也許只有短暫的上班族生涯，但無論如何，這些詩中奇思妙想，以及頗為準確的生活境況刻畫，都充分展現白宇敏銳的洞察力和靈動的想像力。讀這幾首詩，讓我聯想到在街頭為人們速寫的畫家，他以簡單的線條勾勒人們的形神。詩人白宇也是，她運用屬於都市、上班族的意象與細節，加上詩意的想像，勾勒了現代都會的景觀。

三、自然的歌詠者

從白宇的四本詩集，還可看到白宇對於大自然的喜好。不只是她自訂的詩集名稱所涉及的風、花、雪、月，星圖、雨景、山水、雲霧、海洋、藍天……等等，都是她描摹與想像的題材，更不用說對於花草植物的喜愛。

短篇者，如《待宵草》的〈散步〉：

無人的山道上
兩雙足梭來回
織就一匹月光華緞
穿綴的流星
是圖案

又如〈河堤上〉：

雖界水平線的危顫
亦有地平線的豪闊
蒼茫野際，我是
月之女神悄然運行

不知人們眼裡，我
是圓是缺或明抑晦？
這絕對的水晶
恆足喜悅的飽滿

這兩首小詩沒有太多的華美修辭，但都寫得晶瑩剔透，星月輝映下，我們彷彿可以看到詩人白宇在曠野間、月光下，瀟灑漫步的姿態，甚至翩翩起舞，成為月光下的女神，甚至也就是月之女神，因為她的步履輕盈，舞姿曼妙，那怡然自在的神色，只有月之女神可以呼應。

篇幅稍長者，則如《一場雪》的〈雪〉，描繪雪的質地與形狀，又以希臘字母Ω、α譬喻，讓人不禁聯想她畢業於「大氣科學」學系的本業。詩一開頭就以「白之最初啊，白之至潔」來形容雪花的美，接著便描述雪花來得快也去得快，因此讓人措手不及，徒留遺憾：

早在冷雨的第一天
他就往虛無的空中

畫出半個「拗美嘎」
審判終結並無由上訴

據白宇自註，「拗美嘎」（Ω）為希臘字母的最後一個，半個Ω是樂曲結束前的指揮手勢。故此處說的即是雪花凝結很快，飄散下來，稍縱即逝，彷彿審判終結，無可上訴。因此，人們更感到惆悵了：

然而你卻闖得太近
正如從遠處不易分辨
揮動的手到底示來抑去
竟誤以為那是「阿爾發」

「阿爾發」（α）是希臘字母的第一個，代表開始。但代表樂曲結束的半個Ω的手勢，卻容易讓人誤解為α，以為雪才剛剛開始下。可是，這一切都是徒然的，因為春天已經降臨，雪也就成了「白之至真啊，白之最後」。用Ω、α做譬喻，真的是太出人意表了，使得詩歌也有科學的思維，這是白宇的獨特之處。

至於對雨的喜愛，尤其處處可見。第三本詩集《昨夜風》卷一，竟一連收錄〈所以成雨〉等九首有關雨的詩。第四本詩集《已殘月》至少也有〈雨恨〉、〈雨滴〉、〈雨針〉、〈雨夜〉、〈夜雨〉等五首和雨有關的詩。若說詩人吟詠風花雪月是常見之事，但對於同一意象、題材，可以反覆歌詠，又多所變化，實在需要功力，由此也可顯現白宇的才情。

先看《昨夜風》的〈一夜雨〉，首段：

這透明的、以全音符
前奏的雨滴，絮絮喋喋
聲聲逐風而輾轉
於燈前反側呢喃了整夜

這一整段可以看做一個長句子，係用似斷似連的句法，把夜雨綿綿，絮絮喋喋、呢喃似的聲音烘托出來。而詩中的主角正聽著這雨聲而徹夜無眠。詩人想的是雨聲可以帶詩人行走天涯，但等到雨滴從葉尖低落，也就斷了這念想。從詩中也可了解，詩人的無眠，是因為在尋覓詩句，雨聲的動靜，牽引了他的思緒。這一夜的雨，最後的結果是：

雷聲隱隱回擊夢窗的清晨
緊切的雨已漸次稀鬆
閃電搶先晨曦照亮了枕邊
不知是誰留下的些許印痕

當黎明來臨，雨聲漸歇，閃電照亮枕邊，詩人聽雨、尋詩，一夜無眠，卻也歷經了一次雨聲的洗禮，體驗了美的感受。

《已殘月》的〈雨針〉算是小型組詩，共有三首，第一首用「抹布」描繪烏雲密布，但很快的下起雨來了，雨腳細如針，白宇又用「亂針走線」來形容。最後這一場雨，下得密集，彷彿一幅「還有油彩泛動」的素畫。第二首用唱片的迴轉，形容雨滴落下，掀起陣陣漣漪的景象。也因此，雨針和唱機的鑽石唱針有了連結，白宇形容連續不斷的雨這樣下著：

好讓後繼的鑽級唱針
能立體環繞高歌
這寥寂的院落

雨聲颯颯，宛如樂曲，但也平添寂寥。到第三首，白宇帶出了這樣的心情：

亙古亙今　點滴終夜
無數層低音盈繞
雖未成篇章的
針葉的雨

終在另一片葉掌上
復刻出失憶的河
且貫穿了某人心頭
甚至還生了根

從「未成篇章的雨」復刻出「失憶的河」，也可略窺其中淒涼的心境。〈雨針〉三首，個別來看，有巧妙的聯想與譬喻，貫串起來看，又是詩人在雨夜聽雨，激發詩意的創作歷程。

在花草樹木方面，在白宇筆下有很多詩篇是寫「草木有情」。《昨夜風》卷三「契闊」，除了最後三首寫蟬和鳥兒，其餘十八首都是寫花木。無論是〈千年之戀〉寫雌雄異株的兩棵垂柳，歷經千年終於在歐洲之土會合，或是〈依依柳〉、〈遲葉〉從古典詩詞而引發創作靈感，寫來都是有情有意。又如〈槁木〉寫枯死的鳳凰木臨死前猶綻放無葉之花，〈古松情〉寫松樹為求生存，自燃以爆裂出松果中的種子，在在顯現白宇對於大自然旺盛生命力的讚嘆。

比較特別的是〈堤外樹〉，從全篇描述來看，和〈槁木〉所描述河邊的那棵鳳凰木是同一棵，但此篇的訴求卻是鳳凰木努力求生，仍然抵不過乾旱至極的噩運，最終還是全株枯死。但白宇要譴責的是：

直到疏鬆的老骨全盤坼崩
最後一縷灰藍的哽咽也消散了
始終都未驚動堤內的一扇窗

最後一句正揭穿了人類的痲木，可說是對「人非草木，孰能無情？」的反諷。所幸，對於大自然的歌詠仍然是白宇最傾心的事，《昨夜風》的〈深山的知音〉就寫出了大自然的和諧美好。本詩兩段十行，先鋪陳深山密林裡的寂靜，但又蘊藏地衣苔蘚、蟲語風聲的生機，然而一切還是維持著低調的神祕感。進入第二段才豁然開朗：

直到沛然一場解放的大雨
先是溪弦揚起淙淙的彈撥
繼而山崖管風琴共振著瀑鳴

再經八條河道搖滾擴音
全流域的小草盡皆知曉了

大雨穿行，溪流合唱，森林中的各種生物也將獲得雨水滋潤，恰恰造就了生機蓬勃、喜悅和樂的景象。大自然是白宇在現實人生之外可以悠遊的天地，而她時而理性，時而感性的手法，也為大自然創造不同的風情，讓我們驚喜、讚賞。

四、時間的行路人

白宇在第三、四本詩集，開始寫中年況味與老年心境。譬如《昨夜風》卷六題為「桑榆暮景」，其中不少是舊地重遊，回到童少時居住的基隆，就讀過的學校。〈有一天回基隆〉、〈重返半世紀前的國小〉、〈在童年的遊戲區〉、〈女中物亦非〉等，可匯集拼湊出白宇的少女時光。但是此卷中，也有〈墓園盪鞦韆〉、〈廢宅〉這樣充滿低迷頹喪氣氛的作品。〈桑榆暮景〉更以秋分、霜降、小雪和大寒四個節令，對應由中年入老年的感觸。其中有滄海桑田的感慨，也有以為是指甲鬆脫了，卻是假牙脫落的尷尬。白髮如霜，預告即將步入失憶的歲月，似乎惟有「返童」才能找回自我。但白宇又認為一路追溯，也將有力竭之時：

但攀至雲霄已然力竭
那堪負荷光年身外的記憶
只好扔棄一切錯綜的色素
將之全還原為皓白的月光

「皓白的月光」代表最原始純真的顏色，白宇認為真真到了失憶的境地，也只能拋卻一切外在之物，只保留純真潔白的心。

不過這不代表白宇已經「萬事皆休」，因為其後的《已殘月》還是有精彩的詩思與作品。〈共舞〉藉由海中的水母與「無腳的美人魚」跳探戈，翻飛的風與「手足俱缺」的落葉共舞，那麼孤單的「你」呢？白宇這麼寫：

優雅地轉著單人華爾滋

環擁透明的空氣又何妨

這首詩讓我們看見，即使孤單、不全，但白宇仍然看見和諧美好的可能，所以她才會認為單人華爾滋也可跳得優雅，擁抱透明的空氣也無妨，一切盡在我心。

歲月悠悠，白宇已年逾七十，由於一些機緣，我也略知白宇的人生歷程，其中的甘苦，不足為外人道也。《昨夜風》收錄〈接收一間空書房〉略略透露其中辛酸：

離婚後才有「自己的房間」與面山的寶坐。

當女性作家都在引用吳爾芙「自己的房間」時，白宇到何時才擁有這樣的空間與心靈？而〈禮物〉寫的是「再不會收到你祝賀的生日／只能借暖陽熨燙心底的傷皺」，這般傷心的情境下，卻有一隻斑蝶在她身邊環舞久久。於是，白宇騎著腳踏車，逆風在河堤邊閒蕩。她看到美人樹花開了，但花簇與天空之間還有一片殘缺，彷彿天人之間隔著斷橋。白宇此刻浮現的心情是：

仍堅信在第五度空間的你
未忘遙贈媽媽特別的一天

詩的最後兩句才點出這是一個中年喪子的母親，她獨自度過沒有兒子祝賀的生日。她把悲傷隱忍下來，還是相信兒子會記掛著她，飛舞的斑蝶和盛開的美人樹，就是兒子贈送給她特別的生日禮物。讀至此，相信讀者都會泫然。

其實，白宇很少在詩中提及現實生活的景況。譬喻、暗喻、想像，是她慣用的筆法，也是她用以擺脫現實痛苦的方式。從《待宵草》到《已殘月》，其間的人生轉折，總是隱隱約約，很難實指何事。但這也就是白宇的風格，她在意的是自己的詩寫得如何，而別人又會怎樣看待她的詩。我覺得《昨夜風》、《已殘月》會寫到較多的現實感悟，是因為年歲和歷練。當老年的白宇回看過往的人生，她開始有了敘事的寫作型態，以文字來回味童年、少年的時光。如果我們跟著白宇的創作歷程，也可感受到白宇在人生之路的徘徊、踱步，她有憂心的事，但也有在意的事。她有挫折，也有夢想，她始終是在時間的甬道上，行走、前進，朝向自己的目標。所以我說她是「時間的行路人」，她有自己的步調，她是內省內視的人格，以不慌不忙的姿態走在寫作的路上。

白宇《昨夜風》的〈後記〉有云：

許為避免與悲慟面對面，歷經滄桑後，不得不讓自己經常麻木。孤獨的晚年卒愈依賴最高信仰的寧靜大自然。

誠然。大自然是白宇追求解脫和超越的境地，但在心靈上，她更在意詩的創作。《已殘月》的後記〈因為缺月〉表達得很清楚，她希望湊成風、花、雪、月的四本詩集，甚至還想寫一本小說。但她又克謙，自己寫的詩沒人看，只是默默地寫著。不過，畢竟這是她最大心願，所以她也說：

無法找蟲尋花的冷雨夜，閉門也造不了車，禦寒療饑仍須煮幾個字不可啊！那麼便做龜速蝸牛，一分一分地爬，經年累月總能爬上葡萄架吧。

如今，經年累月之後，白宇終於爬上葡萄架——正式出版詩集了。而且這件事緣起於一群臺大畢業學生的熱情，他們為了鼓舞白宇出書，輾轉想了很多方案。最後，由我的同事，臺大中文系教授李惠綿、陳翠英來跟我商談撰寫推薦序。我是白宇的早期讀者與仰慕者，當然一口答應。而且在我印象中，她是那麼溫暖又體貼的人，我曾帶孩子去她家拜訪，她拿著小熊布偶逗著我的孩子。有一次文友餐敘，她還送了我一包豆酥，我從此學會做豆酥鱈魚。

我和白宇，相處的機會有限，但總是有某種緣分牽引著吧。所以我不僅真心推薦，還寫了這麼冗長的一篇導讀推薦序。在此祝賀白宇出版詩集，期盼讀者跟我一起欣賞白宇雋永深刻的詩作。

二〇二二年十二月七日

二〇二三年五月修訂

自序

窮暮逢瀑

旱灼的七月，女兒又將離開臺灣，我也準備重返獨居老人的荒漠。一向寥寂的部落格異常地熱鬧起來，原來是臺大中文系63級的同學來捧場了，遂有一泓甘泉湧現，汩汩至今，甚且成為瀑流。

陳翠英教授雖退休依舊熱忱滿懷，時刻繫念關心著周遭的師友，初識便感受她的體貼入微，她不僅來訪幫我消化了一堆積灰的存書，進而積極建議正式出版。

記得馬森先生曾云：一千個讀者跟一個讀者其實是一樣的，袁瓊瓊說過作品發表直如立下墓碑，所以早習慣自己是唯一的讀者，既享受了覓字的欣悅，又已集印出來作紀念，也就不虛此生。

老來身心俱凝滯，唯有處處想方求簡，多一事不如少一事，但拗不過三位教授的敦促，原本只答應惠綿挪出三分鐘詢問，沒想到一發不可收拾，讓忙碌的李教授為此恐已耗費三十小時了。

擅長下跳棋、總先設想好幾步的李惠綿教授，每一個細節都幫我思慮周全，她說筆名「白雨」沒有「宇」的四方天地，格局變小了；她還把我的名字美詮為「純淨潔白、無塵無染的心靈天地」，於是決定採用原名，反正Google那筆名時，全是一位女明星的訊息。

惠綿另提點套書須備總名稱，而且風花雪月應納入書名，雖覺這四個字有點俗氣，討論再三，最後遇到宋代楊公遠這句「詩敲雪月風花夜」，風花和雪月顛倒後，好像沒那麼俗套，也似乎有了新意。

慨允作序的洪淑苓教授詩家則考量既是新詩集，用一句古典詩來當套書名稱，有點不搭，好在聽說它們並非套書，那該不必煩惱了吧。不料編輯還是打算把這句詩印在封面上，想來即便近年時對文字無感，清夜裡我仍喜悠遊古詩詞的靈境，又發現楊公遠號野趣居士，或許跟閒愛晃盪山野的老嫗暗地應和呢！

蘇白宇

目次

已殘月

已殘月

從圓滿的零開始
光陰一路遞減崩陷
於今已達負數的極值

蕭森在荒穹的東隅
出場太遲的無弦之弓
又何能射得出銳箭

那般憔瘦的薄白側影

斑駁的記憶早全然無跡
垂眉或似未刻字的墓碑

連啟明他生的星星都心碎
那麼這一痕飄搖的邊光
只如熒燭最後一縷幽咽吧

今夕

霞光最後的回眸
讓峻山的面龐也瑩潤起來
而以新月為銀簪
暮雲正峨髻一束金髮
然後風蜓點水淵空
產下了一顆顆星卵

五月

相思樹方簪飾了
滿頭燦金的髮髻
給山稜緄邊的油桐
開始喧沸著白泡泡

梅雨暫歇的晴日
大風奮力盪擺春季的斷尾
木棉結存的團團飛絮
趕趁火鳳凰的翅翼昇華

而陽光隨興挑染的丘鬢下
鑲著水花蕾絲的沙洲上
時間已然舉起手
以雙子葉抽發了新芽

隱身小小塘坳裡
一群澤蛙正戮力
以艾艾腹語陳情
祈願能上達天聽

天眼

轉身背過刺目的初陽
巷陌大抵仍如常酣睡
可隱隱有什麼在呼召
是夜來香的餘韻振翅麼

抑或透早烹茶的醇郁蒸蒸
沿循新燕的呢喃抬眼
那巨大的引力似更高遠
但藍空禪定連絲雲也無

再往前一步才猛見
漠白晝月正探出樓梢
偏著頭冷峻地望著
透穿你的一切

吻

年輪逆時鐘旋轉的林下
花粉剔透宛若初雪
輕靈又淵深的初吻
溫潤觸及雌蕊這夜
原本那般遼遠的天河
豁地欺近而且傾斜了
紛沓流星擦空
跌落一地

吊橋

不動聲色唯兩岸
其實戴著假面的山
而深谷下的惡水
又湍流著各色謊言

不幸相逢在狹橋上
一場大雨中的冤家
踩著鋼索還是蛛絲
要玩跳繩或盪一架鞦韆

命運巨石擋道啊
憂心自己的平衡
只想變作纖介一隻
小螞蟻，溜將過去

織

撩亂春愁裡
幸有鶯梭奔忙
以柳線宛宛
穿紗於萬縷荒煙
終織就了
一疋輕霧

月出

被驚醒的豈止山鳥
匿跡的蟲兒俱探伸犄角
貓們豎立起毛髮時
冬眠的狐兔也出了洞

或許地球震宕了半秒吧

草葉以為該開工造綠素
朝顏居然錯時開綻了

不痳的人兒周身鬧癢疹
可惜並未能點破詩魂

夜闌

隔著幢幢霧帳，夢中
依稀聽見誰在囈語
隔岸也不寐的白腹秧雞
正和著水拍宣敘更漏

有一個淡糊的背影
總環暈著記憶的年輪
如月光的露滴始終
蕾絲在葉緣不肯墜地

時間的河床早鐫滿了皺紋
一點遲到的星光能象徵什麼
三生石上已苔濃如許
舊精魂怎生坐得安穩

交秋

在鋪天風雪蓋地之前
花意早都闌珊了吧
可又結不成瘦果

天河岸已翻飛起鶴髮
星座的密林尋不著路
連童話也陰森森的

蟲鳴沿著黃葉抖落悽哀
而夏末粉蝶的殘翼
終掙不脫時間的蛛網

月泳

那片烏雲剛撤走了防火牆
讓天上的月孃終能直截
躍入海中恣肆裸泳
才不管燈塔炯炯掃來明槍
何在乎暗地裡睽睽萬目刺探
風恬即千手悠漂水母的絲光
風起則自由高姿翻越騰浪圍剿
迴游的魚群卻愛拱衛她如花蝶穿水
再不然就徹夜當個仰蛙
攬天鏡自戀又何妨

河史

峰頂尚可觸及成胎的天空
縱涓細還不能言語
童稚儘管衝撞切蝕峽谷
來到不必勒馬的懸崖
逕自躍栽入青春瀑布
而寬廣的壯年猶自奔騰
大彎探戈時仍欲激吻岸石

但廢棄物堆垛的下游
便不會再有故事
即將拐入海墳的老耄期
只能緩步於平直的胸懷
記憶的岩屑且磨耗為沙
除非驚天地震來回春
想必不遠處就是忘川了

天邊

方借閃電的金簪
幫積雲盤就了煙鬟
又說要替披頭的卷雲
編個什麼魚骨花朵辮

八風忙迫了一整天
雲髮只撩亂得無緒
到萬事無定的黃昏
甚至還打成死結

幸有一勾初月馳援
銀梳俐落爬櫛兩下子
復以碎星小花綴飾
夜后的靚妝乃成

夜窗

風絲路過想簽名其上
奈何滑溜難以著痕
全幅的霧氣茫白
當然也印染不成
雨練使勁鞭笞啊
透明肌膚自免除瘀青
倒是一隻薄菱蝸牛
通宵慢工耙出了
幾行抽象的記事

那年夏天

當清透的水母相繼
撐綻起傘花浮揚舞袖
在水草結辮的海中
你突然牽起了我的手

兩條無鰭魚凝凍了對視
良久方推濤為默契
逆越萬重浪峰的尖刃
終游抵天邊的黑燈塔

而中夜流星正躍雲時
則相偕奔逐於無人墳塋
讓風鐫刻著流轉的雙影
我們便成傳說裡的鬼火

月移

當透明的月光在花間
覓尋前世淡漠的苔痕
那掃不成階的竹影
索性跟花影相偎相依
也算了卻春華與夏葉
始終未能緣遇的憾恨

兩忘

那夜他們來到分袂的嶺上
大雨後灕江自奔赴西南
而女蘿的湘水則輾轉東北

縱使後人刻意開鑿了靈渠
不同流域的水系
又能暗通幾許

而天日遼絕
無有交集的地下伏流
連指尖也再不得觸及

冬曉

雖未降霜已確然立冬
芒花疏落冒充不了小雪
遠遊的陽光續航向南緯
遙遙還沒打算回歸

眾星不由打顫閃爍時
白樺則奮舉冷傲枝椏
剛剛，在外野接殺了
一枚高飛的流星

櫳順落羽松的紅髮之後
下弦月早疲憊再無張力
可依依最後一顆金星
還企盼盪一會兒鞦韆
那麼誰肯來幫忙搖月呢

共舞

看哪！月兒從海面冒出芽了
水母啦啦隊正拋高濤浪
慫恿他摟無腳的美人魚探戈

而當螽斯撚鬚彈奏烏克麗麗
反骨的風也從未放棄
邀舞手足俱缺的落葉

那麼晨昏星語脈脈之際
你不禁想牽起國王的衣角
優雅地轉著單人華爾滋
環擁透明的空氣又何妨

腦鳴

以為收到銀河系外的通訊
卻是旁人都聽不見的
另類超聲波循環體內
絮叨叨穿腦至雙耳

蛩吟橫跨四季剪不斷啊
縱越晝夜可非搖籃曲
鎖定高頻的單音如死水
又絕不肯波瀾成旋律

071／腦鳴

不知何時自己豢養的
這隻捉不到的蚊子
只好任其食髓吸血
直到心搏歸於零吧

月見草

這仲夏夢靈藥之材
薄怯的翼瓣本握不緊月銀
也鎮鎖不住星夜的密碼
索性坦然鋪陳四顆心
來起伏大地的脈息

當她們輕抿香唇
閉攏心房謝幕時
鵝黃淡妝反轉濃橙

原來是替晨光譜前奏
還要為朝顏吹起床號

雨後

當閃劈不再搖旗
雷鈸也終告息偃
蛛網紛紛嚷嚷
要競比誰家捕獲
最多飛墜的星星

而驟幻琉璃的敗葉上
一隻粉嫩的小蝸牛
邊忙著接收宇外的電訊

還匍在脈埂殷切地耕犁
剛醒過來的月光

侵晨

混沌的山稜線
終於逐漸勾勒出來
驀忽分開了黑海

寒穹邊年邁的木星
坐在下弦月的搖椅上
於熹微晨光中微晃

而後咿呀一聲
席捲每顆心的房間
世界也就整個曝了光

敗井

再無人汲水的廢井
早已打撈不著一瓢曩昔
飛鳥跟浪雲都是過客啊
連殘缺的倒影都不曾留駐

額心接不到幾滴雨
逢涸更無淚回望
唯能忍百年旱季的藍藻
依然在龜裂的井壁癡待

月釀

和著前夜的驟雨
月光篩落層疊葉網以後
蟻群正踏踩忙壓榨
亂步中浮沫只噴濺得
花顏滿臉生煙

然則客心寥寂啊
以桂香冰糖將之密封前
尚欠幾句詩咒來發酵

想要醞製一罈月酒
得熬上整夜抑或千秋呢

可暗地裡擎著高腳杯
山腰那畦百合早引頸
要滿斟千杯呀
好結晶甘蜜去誘蝶
再回敬銀河讓眾星都醉

雨恨

玉潔的來時路已然遼邈
抽離自虛無雲魂的雨魄
嶙峋的斜腳蹣跚
縱落地卻忐忑生不了根

能在原野上揮毫成河麼
還是點字塘面鑄一封天書
也許以毿毿的瘦金體
複印一點前生的流紋吧

或者終於洞穿了結局
索性凝華回返初晶
逕自幽囚於冰川，從此
億萬年都明晰透徹

拾回

這個夏天焦熱一如往年
黃昏終得趺坐在沙洲
晾乾溼漉漉的長髮與靈魂

為了確證潛入溪中的記憶
或為平衡走過蛛絲鋼索的心
她緊握住一顆遺落水底的卵石

早透雕流紋且已轉世變質的火岩
許是多年前讓他一路撿拾
也一路拋棄的某一顆吧

返家細讀於燈光的雨簾下
那玉骨綠間泛白的涓流
竟跟自己的掌紋一個模樣

想到絲綢與玻璃的微妙生電
她持續摩挲著頑石
縱未生火卻依稀覺出了脈搏

鳥鳴

黃昏時無人蹤的小徑
不慎跌落的鳥鳴
在落葉堆裡築巢冬眠
打算在雪後來年
孵化出一窩春暉

苔衣

那無言的潤綠
靜靜鋪陳的
或竟是頑石
隱伏的心事

與它對坐終日
雕像如你
也漸漸染就了
一襲青衣

風煙

早遺忘了前世的火種
從最後嚥氣的餘燼裡
剛脫殼不成形的魂魄
許還殘留著一絲絲溫存

那麼借重飄搖的迴光
在徹骨渙散飛滅以前
再結一次綿纏的髮吧
且要細編麻花辮過腰

不然就捲為長繩
打向天井，或能
汲得一點
冷顫的星光

夏末

缺月剛打了個噴嚏
無語殘荷情猶眷眷
複瓣間似飄忽著
重重未了的心事

出土鳴蟲正以切分音
撲擊小灰蝶掙扎的敗翼
沿著思念的稜線
芒雪啊即將紛飛

破霧

憂心此無始無邊的迷障
恐將勾牽地球西墜入冥
獨孤路燈乃徹夜猛揮光劍
卻儼如斬水一般徒勞

薄曉寺鐘續撞亦未震退分毫
松鼠的空手道還劈不足五尺
紫嘯鶇又以銳音的鑽刀接力
終劃不破這浩茫之混沌玻璃

斑鳩趕來咕嚕試了幾種咒語
雞鳴再連番拔高嘹唳嗩吶
竹鷓鴣急急扯開嗓子呼律令
可綠繡眼成群細密的啁啾
如針穿引得天羅更加無縫

殊不知用纏絲織就的斗篷
原本是北風和太陽較勁過
亟欲脫下的
那一件綿柔

心悸

遙遠的邊疆忽亢旱
末梢的支溪皆枯涸
也沒有丁點兒地下水
可供抽取來補給

已彈性疲乏的老邁心
不得不高蹦增速
戮力多幫浦幾次
好讓奄奄的細脈復流

高秋

每一片葉脈凝神的秋光
都浮雕著含情的笑渦
而剛睜眼的瑩亮桂香
正吐著蛇信繚繞穿胸

當鐘蟋徊徨切分奏爵士
寒蟬以悱惻的花腔炫技
敞袂的風神大步行走間
則愛吹他的半音階口琴

月酒的銀盞稍一傾斜
從瀑布刷拉伊始
河谷便決然扯開了
迤邐秋山的襟帶

得月

缺水又沒有樓臺
荒寂的山頂上
鷹翼飛掠也渺似黑子

何如高峻的松針
以慢工銘篆月之雪肌
甚或雕鏤其骨呢

掠影

以全速奔馳的雲影
都挪不動鐵青的山哪
那麼面河癡望的樹
鎖著鐐銬即便衝髮
投影橫豎也觸不及對岸

而斜陽裡花期早過了
趁風讓葉影閒盪鞦韆吧
可就算翻得過月牆

還是搆不著那扇窗
連纖毫塵埃亦未曾揚起

足底筋膜炎

老來莫名染上公主病
每起身離開床椅
便如人魚離叛了大海
既失卻舞浪的華尾
只好踮著新生的
又絕非芭蕾的腳
一步難於一步
踩疼自己

淬火

終撥開亂草穿出了迷林
正以為登躍上摘星之巔
竟已是勒步的臨界火崖

恐如陡然驟降的飛機
勢將解體於虛無空中
心碳的岩漿豈容四竄

倏地他以峻厲的背影相向
決絕潮湧著快冷介質來處斷
好造就你鋼韌強大的餘生

雨滴

原打算去追風的
卻困在一片荷葉上
骨溜溜戮力縮起尖頭
好容易成就了一個圓
稍不慎就粉身跌散

雖又秉心圓聚在
另一片承接的葉
只怕害得澤蛙蹦來跳去

忙亂了半天
也串不成定情的心鍊

最後一葉

某夜月光的回眸一瞬
給一片剛探頭的芽葉
銀刺了心形的胎記

怕墜入輪迴的忘川
縱彼岸花氤氳屢接引
仍咬牙撐展如招魂旛

至終幾絲枯槁的脈骨
猶暗地鐫琢來世的許諾
方首肯隕墜遺言於梅香

雪女

要在高寒澄明的虛空
迂緩凝塑最緻密的銀魄
如琢磨原鑽為燦光四面體
且勝過星星的渙渙五芒
再暗師曼陀羅終雕成六角

又銘刻了獨一剔透指紋
每一片深脈的羽狀子葉
縱飄零仍謹守初始的冰晶

將蟠曲迴舞娓娓地細訴
一段純淨空白的愛

但無法扣門也敲不響他的窗啊
漸次消融失憶之後
即若觸地無跡的輕吻
也必須成就在
徹骨的零下

寒窗

如若晚風來扣問
便請虛簾代答吧
倘使雲層終決裂
讓月光侵越而入
甚或斜錯的雨腳
也大步跨了進來
都似未鞭辟的渺霧
其實他的心事
唯許橫寫的竹影知曉

無人島

恆孤另一如荒寒的深井啊
縱潮來浪去朝暮環擁
卻始終聽不到一闋完整

無人察覺的仰慕裡
風鞭驅著雲蹄匆匆
疏疏鳥影偶掠也未及看清

晴夜顧盼的星星只管循軌
遙畫出沒有切點的圓
又接不到奔竄的流星

那麼就學甲蟲化石
永遠禁錮於琥珀般
明澈自己的思念吧

雨針

原本抹布那般
一坨淪棄暗角的死水
忽有天外的巧手纖纖
飛來了亂針走線

短短長長，即漸
繡繪成一幅素畫
灰黑的層次間
彷彿還有油彩泛動

雨針2

搶灘打頭陣的那批
先戮力圈圈滴鑄了
萬千膠盤於池面

好讓後繼的鑽級唱針
能立體環繞高歌
這寥寂的院落

雨針3

亙古亙今　點滴終夜
無數層低音盈繞
雖未成篇章的
針葉的雨

終在另一片葉掌上
復刻出失憶的河
且貫穿了某人心頭
甚至還生了根

皓魄

始終虛懸的孤白啊
唯當流星在淵空
躍舞打著水漂
才讓靜定的月湖
層層遞遞，不由
泛起了些許漣漪

裂緣花

雖穿戴白紗欲仿新娘
卻始終彎低著頭
該圓的月魄被撕裂後
情傷的鋸口
乃如是參差

晨星

亟待入眠的疲夜
已漸次捻熄萬盞壁燈
卻還剩最後一顆
捨不得闔上的眸子
硬撐著剔透眼皮
圓睜睜不肯眨巴一下
果敢地斜睨著人間
東山頭上且豪氣干雲
說他可是陽光的前導

小職員

號稱白領啊卻不過
僅僅是無馬可騁的
第一線小小走卒
每日擠沙丁必得迅急收拾
也許瞄了一眼的藍天

一片不能光合作用的葉子
穿上人偶制服危坐後
便正襟飛速彈指於鍵盤

砰砰蓋章聲可否回擊指令轟炸
櫃臺能當掩體躲開掃射的口沫嗎

或等三千個天黑磨光紅顏
熬成白頭終得翹腿大後方
雙手捧著保溫杯喝茶看報
桌面不再文件高積
旋轉椅還有穩靠的背山

盟

那麼在雨的蜜語裡
抑或謠言紛飛的風中
飄搖海上的霧誓啊
還有冰封山頂的雪盟
都是覆水拼不攏的碎月
如自絕於天外的隕星

雲山

這億載不變的泥古啊
絕不願有人斫林闢路
唯獨雲能進出幽岫
夏日纏捲成他的峨髻
冬夜則給他圍個脖兒

就算只許她遠遠望著
高空上仍輕柔蔭庇
以無息的影毯

暗冀有朝能引電閃
點中那石心的奇穴

意外

誰能料想得到
沒有石子兒扔進來
連風也吹不皺的
這已瀕死的水窪
只因煢煢枯枝
那孑立的倒影
隨意地撩撥
竟然聽到了
天外的霧聲

碑

能否起伏棺木的脈搏呢
又究竟標注銘記了什麼
落葉原非最後的等待

而曉鐘豁地迴盪時
錯愕的碑石急忙
拿苔蘚緊摀住耳朵

雪花

據說綻自銀河的星苞
可乏流光又悄無聲息
尚缺清芬還忘了著色

縱使敞懷坦露蕊心啊
卻從來都等不到
春天播散的花粉

所以永遠結不成

綠夏的核果
只能凍心結了冰

旅遊

罐裝入保險平安
雷歌穿耳的遊覽車
定時定點魚貫出籠後
必以長龍之伍如廁
再循制式流程走馬
搶拍不能遺漏的熱點
而領隊若指東道，你絕不可歧入西途
導覽要你看花，就別想分心予蝶鳥

所謂風景區的二房東
從不必向上帝交租
卻硬是用柏林高牆
把伊甸柵圍起來
瀑布官定價一尺幾元
山林不容打折還有假日黃牛
擠塞高速公路的回程
老小紛紛跌入無夢療癒

剪影

雲影下歸鳥方爭相
啄食浮動的花影
野風則高舉起左手
投出了月球的飛影

不幸是一個觸身球
蹭及預備打擊的樹

而始終凝凍於燈下

已長出苔蘚的背影
絕不會翻過窗去搶救
那閃避不及的樹影吧

對面

如一圍不肯消融的冰斗
那張小桌似已凝凍千年
兩杯不肯圓融的咖啡
僅一味搓揉著夜黑

沉默劍拔的張力
在唇邊撐持到了極限
只消一滴話就會溢出來

那麼繼續和時間奕棋吧
不容髮的巷戰還得屏息
無語脈脈又豈能相逢

蒸暑

連焚風都再四負約
疏雷的邊鼓亦徒勞
總是劈擊在遠海

雨槳雖奮力苦划呀
卻一路擱淺於
入空即化的雲棉

蟬鳴趕來想冒充陣雨
起起落落那對唱的山歌
似乎也陷入熱氣的流沙

墜葉

猶銘記夏日那場雨
點字在掌心的情詩
脈上還痕著晨間軟風
若無若有輕撫的潤澤

而透析半綹陽光的迴紋
也幸返照成夕顏斑斕
那麼就著此華麗的壽衣
於眾鳥合唱安魂曲之際
伴斜暉一塊兒飛墜入獄吧

作業員

配置於奔騰的流水線上
螻蟻般連小小零件也不是
專職旋緊一個螺絲
或者點上一滴黏膠
心事啊絕不准跳出縫隙

當定速履帶路過快於秒針
不得怠緩更不容稍稍頓息
如電影膠片不能減速停格

每天八千次的眨眼間
一畝畝的日子就那樣
卡死在工廠的機器裡

想

下弦月燃眉時
小丘拿霧雲當衝浪板
很想騰越腳底的麥浪
而翅果落單的纖翅
鷺鷥撲騰的雪翼
還有離線的風箏
都渴念著無涯啊

暮天

雲駝隊商越過南山
轉向西奔赴晚霞去了
落日在層雲睫下
瞇成細細的一線

忽有快馳的飛機無聲
當空剖開了渺邈天海
讓折翼失衡的蝙蝠
得走索於其上

而那尾綻的小白花
且不肯歸於浪靜
愈加盛綻終綿長成一條
輝耀將盡晝日的銀河

漏夜

通夜呆著坐的人
空對已成道具的擺設
斗室恍若巨大的貝殼
昔日的濤音依稀

但寒意沁入黑夜毛邊
在渙散的晨霧中
不經心的夢即將被稀釋
成淡薄薄的一片白紙

霧撚煙搓之後
首要刪去的
定是那一顆早就
逃逸的流星吧

對影

壯年的正午過後
兒時那一路迎向光明
因而拋諸腦後的黑鼈
開始萌茁於腳跟之前
越拉越長若前驅的死神
幢幢招搖且領兵迫近
隨時要拔地襲將過來

潮間帶

浪舌也只能盡伸至此了
不知飛沫潮來汐去
可否沖淡太鹹的往昔

經不起怒濤的拷問
滄桑的礁岩索性
把記憶的腦髓挖空

栽不了紅樹的泥灘
掙扎著億兆破鏡的碎片
它們終將日濡月染為金沙麼

孩子們偏愛群集於此
構築童話邊緣的沙堡
難不成是故意的吧

但一切崩毀那瞬間
海跟岸，甚或天與地
至少曾經握過了手

蔓

當然繞不到對岸的遠山
便迤邐枝椏纏戀大樹
還不時串起雨露的晶鍊回贈

但沿著虛夜忽荒摸索時
只能蜷蜿自己成法國號
好吹奏一闋柔滑的月光

蝴蝶結

誰知那繽彩緞帶囚繫的
是一份驚喜還是惡作劇
甚或是潘朵拉的盒子

總之不再呼風的雙耳
直如框架日子的玻璃內
一隻釘死的蝴蝶標本

沉且暗箱太過沉重啦
如若妄圖提挈那空翅
立時緊縛成僵局的死結

獨醒

斷續滴落夜塘的雨點
終告停歇收了尾
紫嘯鶇今天尚未放煙火
沒有斜月冷照的長巷
唯樓梯間的不熄燈互睍

鄰人都還深潛他們的夢海
亦無絲風肯來攪動一下
困滯的窗簾和孤絕

幸而漆黑的山頭忽得雲開
南極老人星正跟你眨眼呢

遲

恐不及掩面了
皓月已來到天心
如小舟已划至江心
最細微的皺紋都走漏了

再也回不了頭嗎？
墜江東去之後
傾危危即將崩落啊
那不能呈堂的手勢

初涼

夜初涼啊月初弦
寥天愁寂
雲猶懸宕

牆角山菊瘦厭厭
無葉的枝枒
無人的迴廊

走板的心弦需要調音哪

休休莫莫
思量不如渾坐忘

彼岸花

即便同根共棲於一團泥土
盛夏之錯葉與秋日的遲紅
卻似漫天星空裡的參與商
是等不到牽牛過奈何橋
恆俯首銀河彼岸的織女

註：紅花石蒜一名曼珠沙華，又名彼岸花，花開時無葉，有葉時無花，花葉永不相見，相念相惜永相失。

燭火

失語的虛夜裡
半盲的視線本已傾斜
更禁不起倒戈的風
一綹火芽顫危危
抵死頑抗著
無際黑洞的吸納

斷樹

有價的身軀被截走之後
或只能充當一張板凳吧
但林間並沒有路過的人
累疊苔痕雨跡的橫切面
記憶的年輪也難辨清

終有一隻天牛飛了過來
以長鞭觸角扮作唱針
企圖圓舞這死寂的黑膠

看看能否刮擦出
些許遺落青春的殘音

薄暮

當第一顆星星以蟲鳴
怯怯叩按霞天的門鈴
眾鳥撲撲振翼敲著邊鼓
然夜后的禮服還未及鑲鑽
她微伸蓮指，僅肯
探出一芽粉嫩的月葉

現代火車

刪去了蒸氣的鼻息
連縫隙也無的死窗
甭說揮不出道別的手
縱貼額壓扁了鼻子
絕再聽不到那搖籃的
輪與軌廝磨的節奏

北來南去東迴西往會車以高速
昔日小站都呼嘯不能停駐

唯青春的風逆行在窗外
可否穿梭時光駛向天空
又不知童年上車了沒有？
唉！下車勿忘了隨身行李

謎夜

為查出一朵浪雲的名字
連夜未眠的星星
決定彎身向人間
青熒熒一燈探問

可飛蛾早已赴火
銷燬了翅翼上的謎底
而蛛網的線索
又似乎指向八荒

這時蟻隊都迷航了
微風也摒住呼吸
滿城忍不住的纖草
怯生生去叩蘑菇家門

掃過雪的危菇皆掩裙封口
曼陀羅打個呵欠逕道晚安
最後的答案難不成
將飄浮在渙散的晨霧中麼

覆舟

浮萍一般始終猶疑
單人獨木舟小小
在時間急流的皺摺
穿越了前世的森林

未曾驚飛一隻岸鳥
當然不敢逆溯那
絕對垂直的瀑布
僅只彎過礁岩和漩澴

沒撞冰山更非鐵達尼
不過天空驟然決定翻轉
破卵的裂殼被發現時
連漫漶的日誌亦闕如

繪影

當水波浮動著日光
又因風共斜暉來邀舞
原本稀薄的葉影
似乎墨暈開來有了厚度

然後亭亭的月光
在灰鬱的牆上
築造了嶙峋的影階
淡漠的花影亦醇郁幾分

曛

猛瞥見山寺燙了金壁
方驚覺熟透的果香早滿溢
而鳥鳴已換羽正紛沓起程

日光的芒穗收割殆盡時
捲成堆的雲朵自燃起來
鋪就一條紅毯向敻遠天涯
只待眾星踩響她們的高跟

霧換

再怎樣俯首低眉
再如何柔順綿纏
環擁的山卻不耐她的糾纏
總還是引頸企望
能一觸那高渺之雲

只得割捨任性的髮瀑
縮骨以凝聚渙漓的心
且扭身奮力掙向虛空

她終脫胎成一片

他仰慕欲攀的浮影

寂夜

風絲兒總是牽腸啊
況今夜月光的大霧瀰漫
無著落於醒睡的邊陲
寂靜的譁浪一波波
接踵襲捲而來
即將銷鑠滅頂的我

或許該用什麼
打造一件太空衣護體

以便穿越真空的隧道
可切莫讓星芒刺個小洞
否則內壓會沸騰血液
而後爆裂吾身粉碎吾骨

薄曉

下弦月勾起雲簾時
總算讓暗淡的東穹
咧開嘴笑了
趁夢河上的冰
尚未完全消融
趕在曙色開綻前
且聽信啟明星的領航
儘速渡往彼岸吧

月芒

月弓或屬愛神的箭矢
圓鏡則會照妖哩
方以為那玉潤的薄紗
應等同高階美妝相機
似能矯飾一切凡顏
可又鋒利帶刺如X光
只不過透照的並非骨架
而是剖瀝出游離骨肉間
潛匿深處的心思

流雲

迷卻相思路之後
幾片閒雲倚著天風
舉棋仍流離未定

待黃昏密雷已遠遊
積雲海便起浪了
隱隱濤聲越滾越重

入夜後終成雨落下

還學那小女兒裝無辜
說什麼塵沙誤闖了眼睛

祈雪

必須吞聲的凝定空氣裡
不能希冀戰亂
甚或一場火災
那麼就轉而祈求一場雪吧

銀葉的瑤花啊
將把眾人趕至爐火邊
那時相逢在白茫的孤島
我們勢必不再陌路

或許還會合力雕砌
一個玉骨的雪人
然後任其流盡眼淚，
終能徹尾地去除情毒

寒露

黯葉無眠凝睇著穹冥
企望與前世的星眸對答
始歎羨螢火蟲的爍爍

決定降低自己的體溫
徹夜吸聚周遭的水氣
終凝晶了一點玉露

晞曜之瞬也趁金風

讓朝陽散射的七彩
短暫地光燦了自己

續斷

越山跨河的懸橋
驟然崩坍了
似乎同時截斷了水流
雲朵也離散如殘篇

於是隔岸的兩座山
在崖邊各生出一棵樹
期盼有那麼一天
枝葉終爾牽起了手

竟夜

這一疋捲不盡
綿長的夜帛啊
亟思雷電快閃
爽脆地把它撕裂
或者流星狠銳一刀
將之横劈開來

蓬窗

遼夐的海天渺邈
能框住的切片總有限
跟樹髮借景不成
方喜風贈一捧花香
又不堪斜月隱隱綽綽
送來翻牆而過
懸宕的衣角之影

漪

投石以後
並沒有問到去路
刻畫不成年輪的水面
又企圖結一張捕魚的蛛網

但一陣清風路過
便將同心的皺痕扭曲
隨即淡出且熨平了
每一滴漣漣之淚

菊籽

當棋盤腳與蓮葉桐以水師搶灘
菊家的絮籽則牽手勤練大會舞
已建構好綿白的萬花圖案
不需燃料火箭導航與助推器
只待和風鼓起腮幫子
輕嫋嫋吹那麼一口氣
瞬間雛鳥般相繼離巢
或是特種部隊的跳傘訓練吧
一粟粟冠毛傘兵紛紛離艙躍出

這群衛星遠颺至外太空了嗎
籽散後徒留發射平臺殘蒂泠清

中夜

中夜裡風聲愈加緊了
當流星以透明的翅翼
點水於倏暗
又漸亮的銀河
逡巡長巷的月光
忽地洶湧起來
淹沒了千江
以及所有的森林

開春

冬末最後一道寒流
讓炮仗花以暖橙
瞬息炸飛了

柳眼一個個相繼睜開時
愛神密令追緝下
連精靈也難逃其箭矢
燕尾則翦落了暗角的蛛網

隨著七竅流淌出蜜的熏風
夢翼便悠翔於淡蕩晴空

事外

那與我何干呢
埋首燈下的人兒說
緊掩的蓬窗也同意

反正懸懸幾十萬哩之外
管他什麼蝕後復圓的
還是團聚中秋之月

更別提超級月亮抑或藍月

甚至於那個彷彿世紀
末了的紅褐血月

江尾

最後短短的同行
卻是沉默久長
路盡處並無漫灘開展
僅卵石畢露嶢崢

有半截木船絕非方舟
且啟蒙的洪水未至
瀕臨斷崖的大洋
竟是人魚泡沫的歸宿麼

如同兩尾深蟄地底
無視微光的盲魚
從此懸隔著高山闊海
也是永囚繭獄的秋蟲

入夏

白腹秧雞報更之後
蛙鼓便動地而起
掀開垂簾的榕鬚
盎然的龐綠夏幕已揭

成群麻雀方跳躍在
陽光綿密的韻腳
即將掩天的
則是蟬鳴的大霧

戀風草

分明也想浪跡天涯
追隨那從不回首的風
奈何蒂固的腳已化石
只能假裝灑脫地甩著髮
好似揮手道珍重

雨夜

故事已結局
可雨還不肯停
這風的千手也撥不動的
億弦豎琴，要辯說的
其實都在弦外

也想刻意繞過邊界
但已墜入黯黮的深井
不知沿循雨聲的

迴旋梯，能否
觸及星斗呢

零

在昨夜與今晨的交錯點
正負間算得上有效數字嗎
這稍高而略瘦的圓
周而復始的循環
萬事萬物的歸處啊
地平線上艱危的立蛋
中空的腦袋還是肚腹
是他吐出的失敗煙圈吧
或竟是人魚公主海葬後
幻化虛空的零丁氣泡

落葉

生生地與母枝分離
許深積著怨抑而無言
那麼就翼翼地摺疊起
烈陽曾經的吻印吧

夜來這成堆成堆
沒有指紋的斷掌
攫不住顫悠的星光
也拍不出聲響

或竟是一群無憂女孩
偶然路過的紛紛足印麼
可沒穿舞鞋的腳
再不能旋轉於風的舞臺
怕等不到蕈菇孵出來了
最後只消一陣風
一如浪花鏝平沙灘
便橫掃了夏葉的碎心

高積雲

清晨仰首似有雲磚
鋪砌了一條天涯路
等你整心出發向遼遠

方險步雲衢的十字街口
遇見折翼天使正對弈
雲盤上舉棋難免猶疑

唯洞察終局的疾雨
早悉誰是注定的輸家
撤梯前不如言和於霞浪

而後星光便忙著添綴
這滾絮的玉階，好迎候
月光仙子冰潔的玻璃鞋

天亦老

如何把遙遠喚回呢
滂沱之後並未放晴
也無虹曇現

層雲始終鬱灰
沍寒的極地凍土般
似乎永遠凝固了

想必護佑著當初的
那水藍的精靈
早自顧自去了海涯

風眼

當千層雨下在全世界的屋頂
且握緊手中的一葉孤圓
風哪休再掀掉我最後的盾牌

必須，必須連夜穿越這場雨
去添置修葺生命斗室的磚瓦
但如何才能斬斷雨絲？

不如劈頭斜刺入暴風圈
如同橫渡一片夏雪的冰原
縱節節被逼退，最後
許能抵達寧靜的風眼

墜露

訣別了暖日的眼神
低眉岸邊的草葉黯然
幸被折曲的星芒點醒
乃有淚懸懸，凝神末梢

在無風的漠漠漆黑裡
只因不捨棄絕那孤另的
圓月之滿，勉力垂睫
一整夜撐持著寒意

俯首至不能再低時
最後那一觸死別之吻
讓月光漲潮的水線上
終漪現了淺淡的笑意

來過

雨的密碼難解啊
流水的程式更複雜
即便是好日晴空
行雲分秒在幻變
風兒跌撞又不知所云
直至盆栽裡撿到一根羽毛
方明曉某日某時
那白鴿確曾飛過

暮雲

徒然疊砌思念的敗絮
築不成棉堡就已被扯散
又想裝作寧靜的颱風之心
只不過原地打了個小漩
終未竟龍捲的壯志

不再奕奕的眼神
即使風吹入沙恐亦無淚
鏽蹄老邁早失卻了記憶

而迴光的怒雷烈轟之前
閃電將曝晒他曲張的青筋

但不知顛沛千山以後
入夜還能隨步醉酒嗎

氣球

能像嬋娟遍照千里嗎
可比風箏昇舞藍天嗎
捨得那牽繫的小手嗎
又如何在風中定向呢
臨界飽和之際
輕浮空洞的心啊
唯待最後
見血的
一針

夜雨

碎風颯颯私語時
雨的謠諑正四起
蛙鳴也醒了過來
思緒的雨絲方飄忽
沾溼了他的耳垂

斜錯的雨拍啊
以裝飾音撲翅向樹
然而釘不牢的雨溪

已迅捷地漏失
於葉的掌紋間

所有的心事點滴
不得不一路刪節
在被鞭笞的虛空
竭力隱忍至天明
終會喊出疼嗎

盆栽榕

據說它能永駐於童年
因為冒不出長髯甚至短髭
枝葉修剪總有髮型設計
唯獨根還可以暗地展延
不過再寬大的陶盆裡
八足盤纏最後只得錯節
終不肯被包裹侷限自家
便穿過了小鞋的底洞
把腳力伸到鄰盆
兩樹也算結了連理

絕情

無魚無雁啊音信渺漫
扭轉不了的時空
離水鱗傷的人魚
要防範血渠再氾濫
非得解癮回憶鴉片

入夏後浴鏡不再起霧
就此戒掉簽伊名的習慣吧
趁雨夜星月不能輝耀

臨睡的禱詞定要橫心
略過已成黑洞的某顆恆星

浮浪

別以為他傳遞了遠洋的消息
其實他的心一直起伏在原地
自認是大翅鯨翻騰海闊
搖滾著不管平仄韻腳的歌
可永遠觸不著穹天的雲
也覆滅不了穩重的郵輪
頂多是築一道音聲長堤
給小舟哼個搖籃曲吧
喚月呼風借來源源動力

從不經心卻偏要在岩礁
蝕刻下曾經點吻的印記
然後又登山般捲起大舌
欲舐吮冷冷的岸
奈何淺灘迫使他折腰跪地
傾塌的終止和弦後
回流急退之前
潮上帶啊便是
浪沫能飛抵的極限了

燈下

來不及研磨霞彩
熒熒光暈流轉間
仍暈染出些許暖溫
既無能抵禦團圍的龐夜
不如給陋屋一個笑窩吧

還要為守夜的孤人
捉來一個伴讀的壁影
今晚似乎特別濃重哩

難免弄壞了桌面上
月亮方才影印的畫

依舊

浸漬的舊冊已如寒灰
復癢的傷口還不肯結疤
滾燙喉頭的電話仍未撥出
如夜夢中並無聲息的嘶喊
心底的信恆深埋在屜棺
似匿藏於星團無解的謎詩

倘若層雲幻化成透明的窗
木星啊就別想再躲藏

但畫龍的人既不曾細琢
更不肯點睛讓它魂飛
如何能把隔牆變作一片晨霧
方得探手觸及屋外那朵花

將綻

逆著子夜的時鐘
綠雲烘襯著沛然靈氣
另一種氣旋正悄悄醞釀
看似風眼般寧靜的花心
實則以重瓣掩飾底層的焦灼

縱塑雕不成滿月的容顏
抿唇不語的蓓蕾
至少要緊守流星的祕願

另有些耳語在蕊間傳遞
難道她們密謀起義麼

其實不過打算辦一場舞會
即便不能豔妝驚動江湖
坦蕩素顏總要襲奪一雙眼睛
不比陀螺也會像小小風車
佛朗明哥舞裙將全面開展

一口井和一顆星

如螢火蟲以為天邊星爍
正遞送某種密碼情書
早入定的古井老僧
居然也橫生起一抹微漣

只因從垓里之遙
有一顆耽遲萬年的橙星
恰恰行至他自限的小圈
與他對望了那麼一眼

然則日日挪移的星軌
就算能複製同心的那一秒
也總有滔天雲浪
遮斷了欲穿的視線

直到泥封了他的窗口
那顆星也白矮了
雕鐫再深的記憶石刻
終須風化為煙塵

後記・因為缺月

結集印了第三本詩集之後，足足有兩年對文字冷感至幾乎棄絕了書本，或許就閒逛山野了此殘生吧。簡媜安慰道：「詩人無字，只是像松鼠一般儲存松果於某巢穴內。待冬雪來了，詩就釀成了，足足可以醉一窩松鼠哩！」唉！其實若能醉己也就夠了。

可能這段話在潛意識起了作用，某個月圓的清晨，被紫嘯鶇尖銳的口哨當頭一刺，忽然想到三本詩集的書名：「待宵草」（雖名為草，實寫其花）、「一場雪」和「昨夜風」，豈非風花雪月尚缺了月？那麼這輩子是不是還應該努力完成第四本？（可巧後來發現關乎月亮的算有九首吧！）

書名都有底了，然而身體愈衰，腦袋更是枯淡，橫豎想都認定那是不可能的任務。要不就退個百十步吧！那怕僅是薄薄的一本。無法找蟲尋花的冷雨夜，閉門也造不了車，禦寒療饑仍須煮幾個字不可啊！那麼便傚龜速蝸牛，一分一分地爬，經年累月總能爬上葡萄架吧。

只是今年五月病了一場，六月又重跌一跤，接下來便逢酷夏，還困擾於手麻，本想說勉強湊個百首就好，沒料到回收破爛居然多了一點點。

集中除了〈霧換〉曾放在沒什麼人看的部落格，〈雪女〉跟小鴉分享過，如同第一本詩集，自己仍是唯一的讀者。不過井底的宅嫗生活狹隘，老是繞著有限的主題打轉，擺在一塊兒自己看著都覺得膩，所以也就隨興排序，偷懶不分輯了。

縱使聽不到回音，不死心又添足向大峽谷灑下輕薄的第四片花瓣，但求了卻心願而已。至於始終還未還願的小說集，倘能多撐活幾年，再看看能不能整理出來吧！

蘇白宇

二〇一八年十月

語言文學類　PG2862　秀詩人108

詩敲雪月風花夜
已殘月

作　　者／蘇白宇
責任編輯／孟人玉、廖啟佑
圖文排版／黃莉珊
封面設計／吳咏潔

發 行 人／宋政坤
法律顧問／毛國樑　律師
出版發行／秀威資訊科技股份有限公司
114台北市內湖區瑞光路76巷65號1樓
電話：+886-2-2796-3638　傳真：+886-2-2796-1377
http://www.showwe.com.tw
劃撥帳號／19563868　戶名：秀威資訊科技股份有限公司
讀者服務信箱：service@showwe.com.tw
展售門市／國家書店（松江門市）
104台北市中山區松江路209號1樓
電話：+886-2-2518-0207　傳真：+886-2-2518-0778
網路訂購／秀威網路書店：https://store.showwe.tw
國家網路書店：https://www.govbooks.com.tw

2023年5月　BOD一版
定價：280元

讀者回函卡

國家圖書館出版品預行編目

詩敲雪月風花夜・已殘月 / 蘇白宇著. -- 一版.
-- 臺北市 : 秀威資訊科技股份有限公司,
2023.5
. -- (語言文學類 ; PG2862) (秀詩人 ; 108)
BOD版
ISBN 978-626-7187-37-1 (平裝)

863.51 111018657